Dr. Seuss

¡DORMILONES!

Traducción de Yanitzia Canetti

RANDOM HOUSE
NEW YORK

A Marie y Bert Hupp

Translation TM & copyright © by Dr. Seuss Enterprises, L.P. 2019

Visit us on the Web!
Seussville.com
rhcbooks.com

Educators and librarians, for a variety of teaching tools, visit us at
RHTeachersLibrarians.com

Library of Congress Cataloging-in-Publication Data is available upon request.

ISBN 978-1-9848-3140-8 (trade) — ISBN 978-0-593-12295-2 (lib. bdg.)

Printed in the United States of America

10 9 8 7 6 5 4 3 2 1

First Edition

Están llegando

noticias
desde la Villa Quintilla
sobre un insecto pequeño
bien llamado don Puntilla,
¡que da bostezos tan grandes
que le ves la campanilla!

Podría no parecer
muy importante, ya lo sé.
Por eso es que me molesto
en decirte el porqué.

El bostezo es contagioso, al igual que lo es la tos.
Basta con solo un bostezo para que le sigan dos.
Y ya llegan más noticias: los amigos de Puntilla
dan bostezos tan, tan grandes que se ven *sus* campanillas.

Justo ahora, ahora mismo,
bajo otras siete narices,
grandes bostezos se abren
como las rosas felices.

¡El bostezo de ese insecto aún se sigue regando!
Según el último informe, bien rápido va avanzando
por entre el aire nocturno y a través de la pradera,
por el ancho, ancho mundo hacia donde esté cualquiera.
Y la gente, poco a poco, ya ha comenzado a decir:
«Hoy me siento muy cansado. Necesito ir a dormir».

Las criaturas se preparan para irse a descansar.

Y así dos Aves Crea-Doras sus nidos van a crear.

Ellas lo hacen cada noche. Y al ver tamaña labor,

me pregunto cómo lo hacen sin cometer ni un error.

Pero ese es *su* problema.

No es tuyo. Ni es mío, no.

El caso es que a dormir van.

Y está bien, opino yo.

Y por toda
esta región,
el sueño así se despliega.
Y la hora de cepillarse todos los dientes ya llega.
En la Cascada Pujante, donde el río cae incesante
y se estrella entre los riscos cual chorro burbujeante,
utilizan sus cepillos bien las hermanas Infante.
Para lavarse los dientes, son las mejores cascadas
si llevas tus dientes puestos y andas justo de pasada.

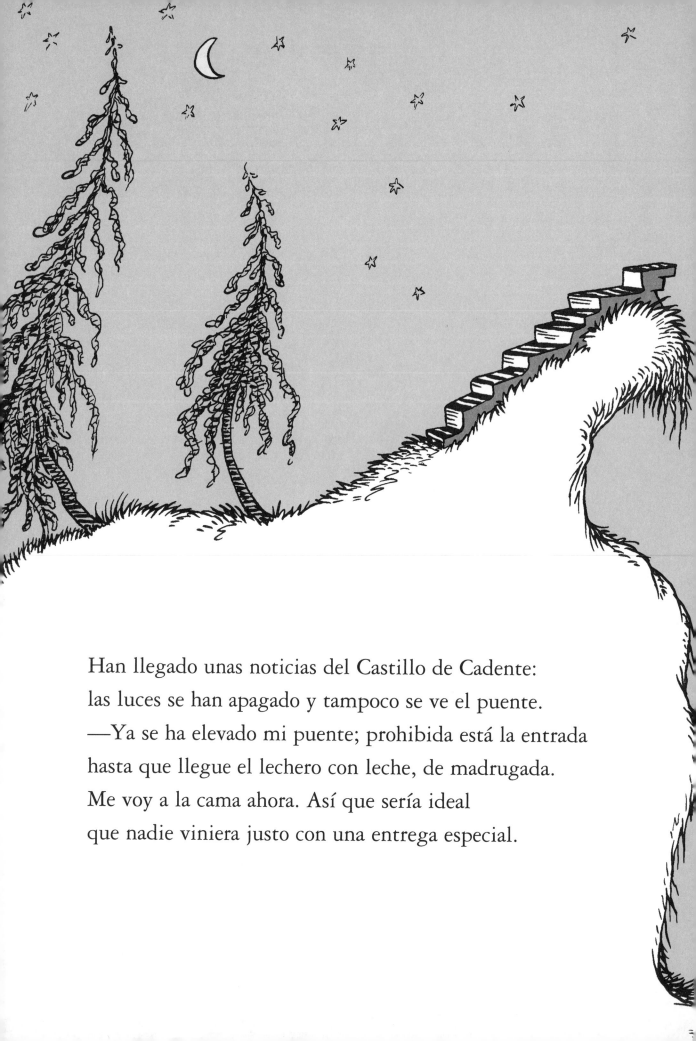

Han llegado unas noticias del Castillo de Cadente:
las luces se han apagado y tampoco se ve el puente.
—Ya se ha elevado mi puente; prohibida está la entrada
hasta que llegue el lechero con leche, de madrugada.
Me voy a la cama ahora. Así que sería ideal
que nadie viniera justo con una entrega especial.

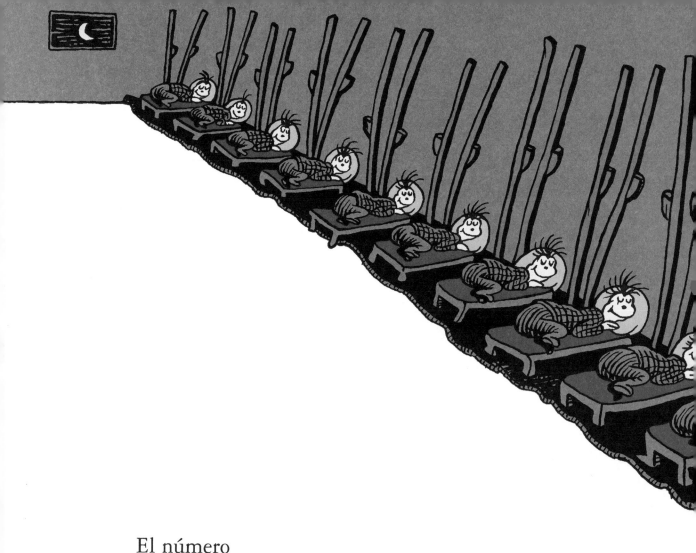

El número

de dormilones

sigue y sigue creciendo.

Y a la cama es el lugar

donde más gente está yendo.

En Monte Alto, en el salón de aquellos Zanco-Andantes,

se apoyan en la pared zancos más que alucinantes.

Aquellos Zanco-Andantes, ¡qué largo día han tenido!

Están tan extenuados que ya han caído rendidos.

Esta es una gran noticia. Y merece tu atención.

Por eso yo me molesto en darte la información.

Y allá en el lejano Oeste, en el pueblo Maravilla,
se fue a la cama al completo el Club Trompeta-Trompetilla.
Cada trompeta, en su gancho, ha sido bien colocada
por la noche y en su propia Trompe-Cabina privada.

Un día largo y feliz, trompeteando sin parar,
y ahora los trompetilleros ya se han ido a descansar.
Pero se levantarán frescos al amanecer…
¡Los Trompeta-Trompetilla trompetearán otra vez!

Por doquier, las criaturas
caen rendidas de un tirón.
Y el Blandito de Pablito
cae rendido en un pilón.
Y añadiendo al tal Pablito
a la lista, previamente,
estoy listo para darte
el total de los durmientes:
cuarenta mil cuatrocientos
cuatro seres muy felices
duermen ya profundamente.
Creo que estarás de acuerdo
en que es número excelente.

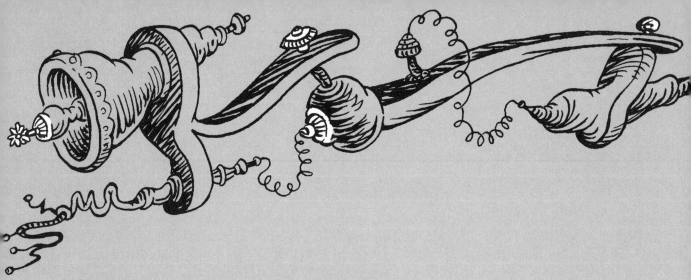

¿Cómo contar dormilones…?

¿Cómo se hace normalmente…?

Es muy simple realmente.

Calculemos cuántos son, y la cantidad, yo creo,

con un Audio-Cuenta-Cuántas-para-Marcas de Conteo.

En lo alto, en el camino entre Pueblo y Portugal,

hay un aparato dentro de una esfera de cristal

el cual escucha y observa dentro de cualquier hogar.

Y cada vez que se observa que hay un nuevo dormilón,

va y se sacude y expulsa una bola en un tazón.

Nuestro chico cuenta bolas mientras caen con acierto.

Y es así como sabemos quién duerme o está despierto.

PROHIBIDO ENTRAR

¿Acaso hablas dormido?

Es un deporte sin par.

De este deporte hay reportes que yo puedo reportar.

Los Campeones Mundiales Dormi-Hablantes, Rico y Roco,

acaban de irse a dormir y ya hablan como locos.

Por cincuenta y cinco años, cada hermano parlanchín

balbucea y parlotea toda la noche sin fin.

Han hablado sobre leyes y sobre mantas de piel.
Han hablado sobre patas y sobre errores también.
¡Y han hablado sin parar incluso de Papá Noel!
La razón de que lo diga es que realmente me agrada
que practiques tal deporte: le hace bien a la quijada.

¿Caminas quizá en tus sueños…?
Me han enviado un informe
con datos interesantes de este popular deporte.
Cerca de Ciénaga Fina, los Sonámbulos Andantes
no solamente caminan, ¡lo hacen con aros rodantes!
Cada noche avanzan millas. Y es tan extensa la vía
que deben seguir comiendo para tener energía.

Así que de vez en cuando, alguien sale de la tropa
y deja caer su aro para hallar algo de sopa.
Por eso son conocidos como Tropa-Busca-Sopa.

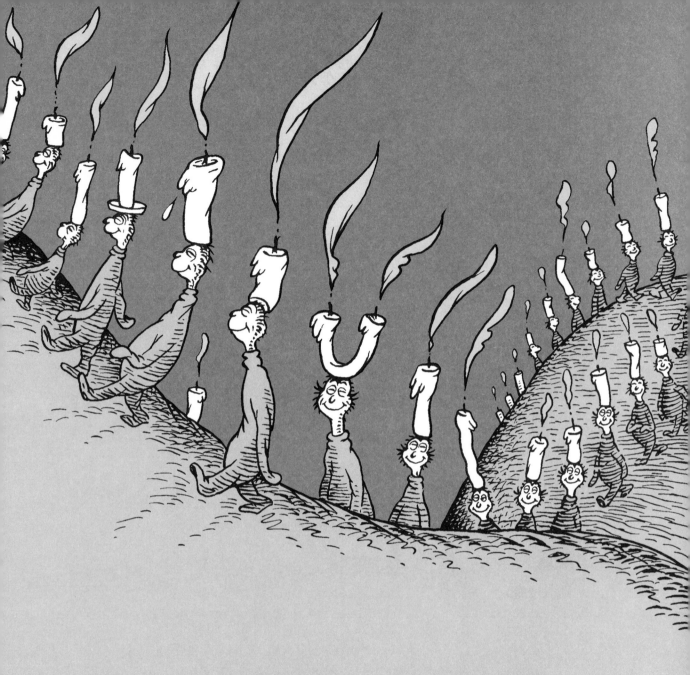

Son sonámbulos, también, esos Curiosos Crandelas
que suben lomas dormidos con todo tipo de velas.
Dormidos en paz, de noche, los Crandelas van paseando
pese a las leves quemadas que la cera va dejando.
Los Crandelas llevan velas porque bien lejos irán,
y si acaso se despiertan,
quieren ver en dónde están.

Ahora nos llegan noticias
desde el Valle de Vitola,
porque allí un Chipendal se mordió su propia cola,
lo cual hace cada noche antes de caer rendido.
Parece un mordisco tonto, mas tiene mucho sentido.

Dado que él no tiene alarma, de esta forma ha querido
asegurar despertarse en el tiempo requerido.
Como su cola es muy larga, el dolor no será fuerte
hasta que el mordisco viaje y a su cerebro despierte.
En ocho horas exactas, el Chipendal sentirá
el mordisco y gritará: «¡Ay!», y entonces despertará.

Este Sr. y Sra., los Méndez de Montesinos,
ahora acaban de acostarse cerca de San Bernardino.
Y son dueños, ciertamente, de los relojes más finos.

La verdad, no estoy seguro de si yo entendí al final
cómo funciona realmente la manilla adicional.
Pero sí sé que el reloj hace un truco que arrebata.
En lugar de hacer *tic-tac*, lo que sí hace es *garra-pata*.
Entonces las *garra-patas* patean el despertador,
y los dormilones duermen mucho más tiempo y mejor.

¡Qué noche para dormir! Escuché de buena fuente
que ha sido la mejor noche en mucho tiempo claramente.
¡Incluso siguen dormidos en el Motel Santiamén!
Y allí la gente no suele dormir demasiado bien.

Las camas son como piedras, como todos saben ya,

las sábanas son muy cortas y tus pies no cubrirán.

ASÍ QUE..., si la gente está ALLÍ rendida totalmente...,

¡es que la noche es propicia! Debe ser por el ambiente.

¡La noche es para roncar! Me dice el último informe
de los chicos más capaces de este musical deporte.
Los mayores roncadores de esta nuestra tierra hermosa
son Rampante Roncador y su Banda Ronca-Rosa.
La banda puede roncar *¿De dónde son los cantantes?*
tan fuerte que harían temblar a unos cuarenta elefantes.

Y de todos esos chicos, el más ruidoso es Rampante,
pues ronca con la cabeza dentro de un cubo gigante.
Por eso roncan bien lejos, en cuevas y a veinte millas.
Si roncaran más cerquita, ¡la ciudad se haría papilla!

¿Sabes quizá quiénes duermen
en la Laguna-Loquina...?
Dos simpáticas y dulces
Laguneritas Babuinas.

Ya las hemos agregado al conteo de dormilones
que ha crecido cantidad, ¡sí que ha crecido a montones!
¡Ocho millones ochocientos ochenta y ocho seres!
¡Todos duermen ahora mismo! ¡Es hora de que te enteres!

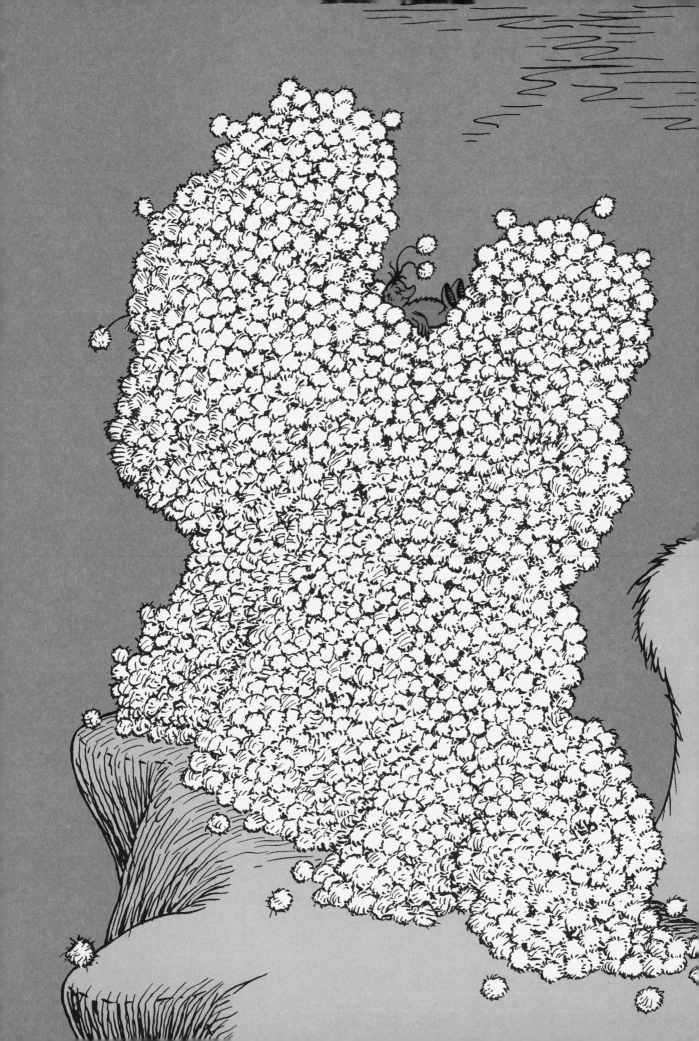

Un Tama ya está en la cama,
y la cama de los Tama
es la más suave
de las camas del mundo.
Tiene fama.
Está hecha de pompones
que brotan de su cabeza.
Y ahora mismo está durmiendo
sobre estos suaves pompones
completamente agotado
por hacerlos a montones.

Nos han llegado noticias desde el Distrito de Baires
de que dos Bai están dormidos, ¡y dormidos en el aire!
¿Cómo duermen separados del suelo? Te lo diré,
pues la semana pasada averiguarlo logré:
un Bai pesa MENOS de una libra. ¡Sí, yo lo pesé!

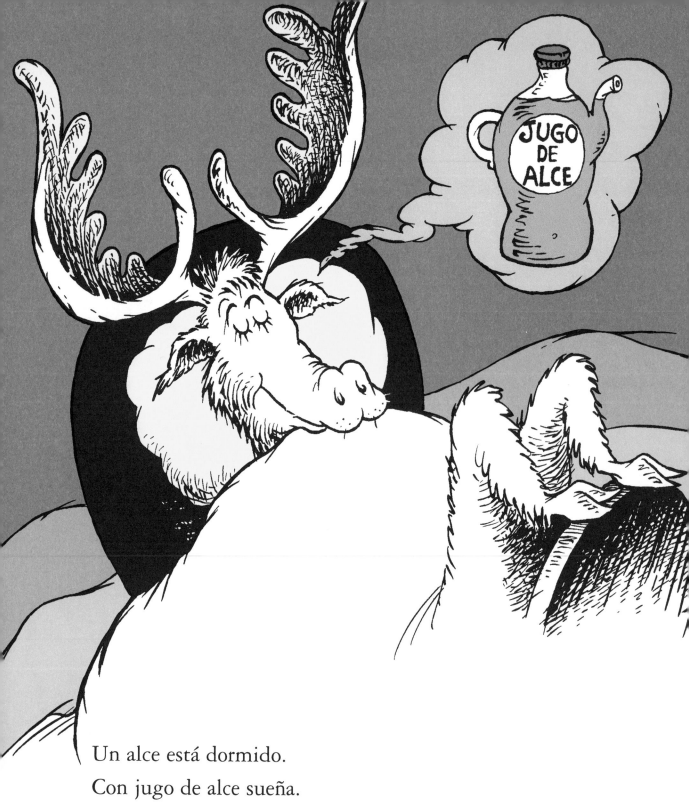

Un alce está dormido.

Con jugo de alce sueña.

Un ganso está dormido.

Con jugo de ganso sueña.

Que un alce sueñe con jugo de alce es algo fabuloso.

Que un ganso sueñe con jugo de ganso es maravilloso.

Pero lo malo es que un alce y un ganso tengan un sueño
en que cada cual se beba el jugo del otro dueño.
El jugo de alce, no de ganso, es para alces solamente.
Y el jugo de ganso, no de alce, es de gansos ciertamente.
Y entonces si los gansos beben de los alces sus jugos,
y si los alces también beben de los gansos sus jugos,
se caerán de sus camas dando gritos espantosos.
TE LO ADVIERTO:
nunca bebas en sueños, ¡es peligroso!

Hablando, pues, de sueños,
creo que quizá se note
que el llamado Club Batea ahora está soñando a flote.
Cada noche van soñando por el Arroyo Batea,
pero a la cuarta semana, los detiene una tarea:
hay que hacer reparaciones, pues las bateas gotean.
Pero esta noche sí flotan, con dicha y felicidad,
y por eso me molesto en contarte la verdad.

Y frente a un cruce de vías
en el Valle de Valía,
cinco exhaustos vendedores sueltan las cargas del día.
Han corrido sin parar, velozmente y con calor,
tratando de despachar Semillas de Sinsabor,
que nadie las necesita ni nadie les da valor.

Vendrán de nuevo mañana. A su tarea volverán.

Comenzarán en la vía, a la venta una vez más.

Pero esta noche se olvidan de que les duelen los pies.

Para eso existen las noches estupendas, como ves.

Por doquier
las criaturas
apagan sus vocecitas.
Todos se han ido a dormir
en sus camas favoritas.

Duermen sobre los arbustos. Descansan entre agujeros.

Unos lo hacen panza arriba y otros sobre sus traseros.

Duermen muy tranquilamente en hoyos acomodados.

Y hasta en postes de barberos, mullidos y encopetados.

¡La cifra de dormilones ya rebasó los millones!

¡La cifra de dormilones sobrepasa los billones!

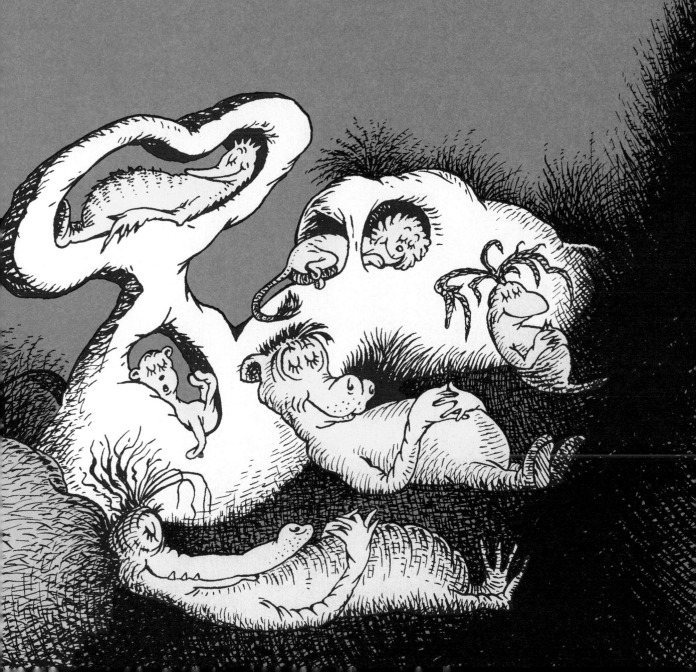

¡Duermen en el suelo! ¡Sobre cuerdas! ¡En los escalones!

¡En orificios de puertas, en los barcos y en buzones!

Esta noche, los gusanos del anzuelo a salvo están.

Tienen demasiado sueño todos los peces del mar.

Las ballenas del océano cerraron su surtidor.

Se apagó la luz de aquí y de allá, de Alpor-Mayor.

Y ahora, sumándolo todo, son billones, más de ciento.

¡El conteo de dormilones superó los tropecientos!

Tropecientos noventa y nueve
trillones y dos
criaturas durmiendo.
Y...
tú también duermes, ¿no?

Cuando *tú* apagues la luz,
serás, cuéntalo también,
el tropecientos noventa y nueve
trillones y tres.

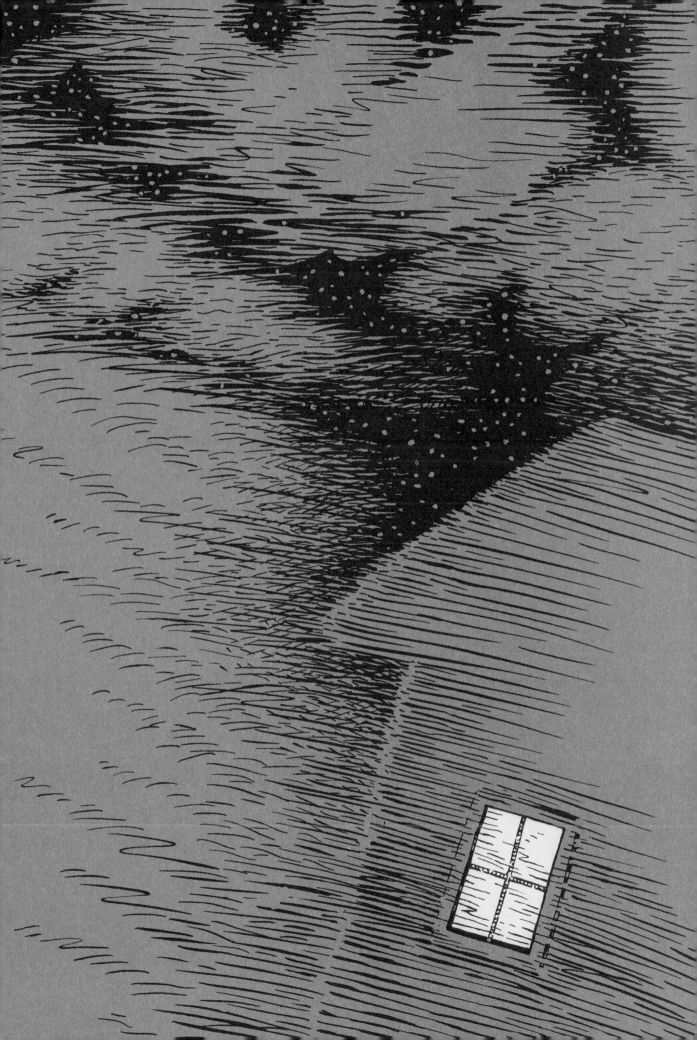

Buenas noches.